CHARLES ET MARIE.

—

P. IN-18 5ᵉ SÉRIE.

CHARLES
ET MARIE

PAR

RENÉ DE MONT-LOUIS.

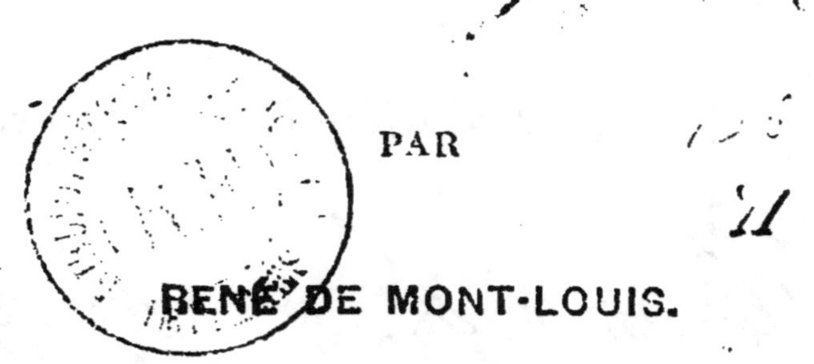

LIMOGES,

Eugène ARDANT et C. THIBAUT,

ÉDITEURS.

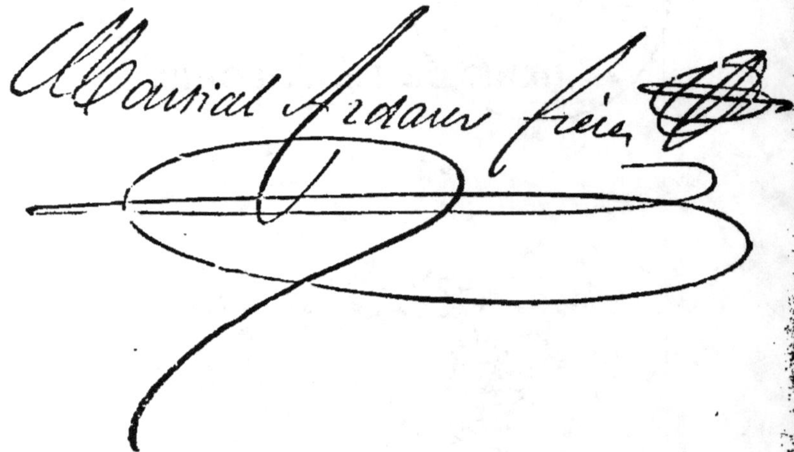

CHARLES ET MARIE.

Charles et Marie étaient enfants de deux amies. Charles était fils de madame Léonie de Fabian, possédant une grande fortune : à l'âge de quinze ans elle sortit de pension pour épouser M. de Fabian, vieux général de l'Empire, qui mourut quelques années après cette union. Coquette, frivole, lancée dans le monde élégant, Léonie avait oublié la compagne de ses jeux d'enfance, Marie, sa meilleure amie, lorqu'un hasard assez extraordinaire les réunit.

Deux jeunes enfants entraient dans le temple de Dieu par deux portes différentes, eux qu'une même cérémonie, le baptême, allait réunir. L'un était entouré de toute la pompe des grandes fêtes. Les bedeaux avaient revêtu leur simarre violette, les jeunes lévites leur robe rouge ; et des toilettes étincelantes accompagnaient le jeune enfant, tout enseveli dans des flots de dentelles et de rubans. C'était le petit Charles.

L'autre enfant fut modestement et religieusement offert à l'eau lustrale : personne ne le vit que sa mère, qui lui souriait d'un doux sourire ; personne ne fit attention à elle qui, rêveuse, oubliée, heureuse, laissait couler ses larmes ; mais il y avait tant de joie contemplative sur ce beau visage, que ce devaient être des pleurs de bonheur. L'enfant

reçut le nom de sa mère, et se nomma
Marie.

Au moment de sortir, madame d'Egmont se trompa de porte ; elle leva les
yeux sur tout ce luxe qui l'environnait,
mais ils se baissèrent aussitôt : le avait
reconnu Léonie, qui vint à elle, lui té-
moigna une joie si sincère de la retrouver, fit tant d'instances pour l'engager à
la visiter, que la bonne Marie promit de
la revoir.

Marie était fille d'un peintre distingué ;
elle vit chez son père un jeune artiste,
son élève, Alfred d'Egmont, qui, malgré
toutes les distances qui existent entre
une famille noble et riche et une pauvre,
l'épousa...

Ce mariage contracté malgré la volonté
de ses parents, M. Alfred d'Egmont s'en
vit renié, abandonné ; et le père de Marie ne pardonna pas à sa fille de l'avoir
quitté pour entrer dans une maison qui
avait humilié sa fierté d'artiste... Il fal-

lut donc penser à se créer une position, un avenir; et ce ne fut qu'après deux années de travail, d'angoisses, de pénibles supplications, qu'Alfred d'Egmont obtint un poste périlleux, mais lucratif, à Alger, poste qui ne lui fut pas long-temps confié, car il mourut peu de mois après son arrivée; et ce fut au milieu de tous ces malheurs que naquit la petite Marie, pauvre ange qui ne devait jamais connaitre celui auquel elle devait le jour.

Madame Léonie de Fabian revint voir Marie d'Egmont; soit feinte tendresse, soit véritable affection, elle fut très sensible au malheur de son amie; elle lui offrit de vivre chez elle et d'élever ensemble leurs enfants, Charles et Marie; la pauvre mère y consentit, et dès lors la plus douce intimité s'établit entre elles. Les deux amies ne se quittaient plus; en grandissant, les enfants s'aimèrent bien vite. Leurs mères même cherchaient à propager dans leurs enfants l'amitié qui les unissait. Charles ne pouvait rester un instant sans Marie, qui, de son côté, n'était gaie qu'avec lui. C'étaient les mêmes jeux, les mêmes folies; tout en eux était sympathie. Ils étudiaient ensemble leurs grandes lettres dans le même alphabet. A la promenade ils ne se mêlaient pas aux divertissements des enfants de leur âge; ils jouaient ensemble, leur intimité leur suffisait. Si Charles se rendait coupable de quelque faute et que sa mère l'en grondât, Marie faisait une petite moue charmante et courait vite mêler ses larmes à celles de son ami. Si Marie avait du chagrin, Charles était inconsolable ou il s'accusait hardiment des sottises de Marie, pour lui épargner une gronderie ou une punition; et quand tout était pardonné, c'étaient des cris de joie, des baisers, des caresses sans fin; c'était à qui prouverait le mieux sa tendresse à leur mère. Marie s'asseyait sur les genoux de madame de Fabian, de ses deux petits bras lui faisait un collier, tandis que Charles, en grimpant sur les meubles, parvenait à lui placer une fleur dans les cheveux.

Ce fut au milieu de mille jeux et de quelques études que se passèrent les premières années de l'enfance, rapides et heureuses. Charles venait d'atteindre sa dixième année, et sa mère avait déjà bien souvent manifesté le désir de le placer dans un collége, pour y commencer de sérieuses études; mais les enfants avaient tant pleuré à cette nouvelle, avaient tant prié qu'on ne les séparât pas encore, qu'elle y avait consenti. Mais madame de Fabian ayant eu une assez vive discussion avec madame d'Egmont, au sujet de leurs enfants, prit subitement la résolution d'éloigner Charles d'une affection qui commençait à lui déplaire, en menaçant de grandir encore avec l'âge. Peut-être faisait-elle déjà de brillants rêves pour son fils...

Ce fut donc par un ordre sévère de madame de Fabian que Charles fut conduit au collége, le cœur bien gros de sanglots. Les premiers jours furent passés bien tristement ; les heures de récréation, il pensait à Marie ; il écrivait sur tous ses cahiers : J'aime Marie ; enfin, en dormant, il rêvait toujours à sa chère petite amie...

Mais Marie, la pauvre enfant, était restée seule ; elle avait, plus que lui encore, été frappée du départ de Charles ; rien ne pouvait en distraire sa pensée, même l'étude. Sa mère, pour distraire sa douleur, essayait de lui en parler ; mais elle se jetait dans ses bras, sans pouvoir retenir ses pleurs. Le soir, dans sa simple prière, elle demandait à Dieu de conserver la santé de Charles, et qu'il ne l'oubliât pas. Cependant les belles couleurs de Marie s'effaçaient de ses joues ; elle ne jouait plus, sa grande poupée même était délaissée; elle travaillait avec ardeur, et de rapides progrès attestaient de son courage et de son assiduité à s'instruire. C'est qu'elle avait remarqué le changement qui s'était opéré dans cette maison, et, sans pouvoir deviner la cause de la froideur qui existait entre sa mère et madame de Fabian, elle pressentait un malheur, et elle se disait : Nous aussi, nous partirons bientôt...

Madame d'Egmont avait compris tout ce que l'abandon dont elle était l'objet avait d'insultant. Elle fit ses malles, s'assura d'un appartement, et, profitant d'un séjour de Léonie à la campagne, elle lui écrivit une lettre froidement polie, et partit le cœur brisé, en disant adieu à cet hôtel où elle avait passé de si heureuses années.

Madame d'Egmont, en prenant possession de son nouvel appartement, songea de suite à se procurer du travail.

— Chère mère, qu'as-tu? lui disait Marie, assise à ses côtés; tu es pâle à me faire peur. Oh! ne va pas mourir; que deviendrait ta petite Marie, si tu l'abandonnais aussi, toi? puis elle s'assit sur les genoux de sa mère, et appuyant sur son cœur sa jolie petite tête blonde, elle laissait couler silencieusement ses larmes. Les caresses de Marie rappelèrent madame d'Egmont à elle-même : elle se vit malheureuse avec son enfant adoré; sa résolution fut prise : elle mit sa dernière espérance dans le travail. Il était alors de mode de porter des colliers et des bracelets de velours, des nœuds de soie, des rubans, des fichus. Elle se mit à fabriquer de ces objets de toilette, puis, en emplissant un carton, elle le remit à Marie, en lui donnant ses instructions.

Marie allait dans les magasins de nouveautés, offrant ses chiffons. La pauvre mère suivait son enfant des yeux, jusqu'à ce qu'elle ne l'aperçût plus; puis,

revenant s'asseoir à sa table, elle repre-
nait son ouvrage.

Rarement Marie rentrait sans que son
carton ne fût vide. Sa jolie figure tout
empreinte de tristesse, ses manières dis-
tinguées d'un enfant bien élevé, intéressaient tout le monde, et, lorsque la petite marchande arrivait, on l'entourait,
on la fêtait, on l'accablait de questions;
mais elle répondait modestement aux
interrogations trop directes, et revenait
bien vite, lorsqu'elle n'avait plus rien à
vendre.

Un jour, Marie sortit plus triste que de
coutume : elle avait vu pleurer sa mère.
C'était un jeudi : elle portait une parure
de velours chez une dame, quand, sur
son passage, elle vit devant elle un bril-
lant équipage : les cheveux piaffaient
impatients sous la main qui les guidait;
un cocher en riche livrée, galonné d'or,
était sur le siége, et derrière, un chas-
seur empanaché. Marie soupira et jeta

un coup d'œil sur sa petite robe de toile, sur son tablier de soie noire, et hâta sa marche pour passer sans regarder dans la calèche; mais une puissance invincible y attira ses regards. Mon Dieu! c'était madame de Fabian, et à ses côtés Charles, son ami, qu'elle n'avait pas vu depuis deux ans. C'était bien lui, c'était bien Charles; et elle suivit de l'œil la voiture qui l'emportait. Des sanglots étouffaient dans sa poitrine, et ce fut tout en larmes qu'elle arriva chez la dame qui l'attendait, et qui, comme tout le monde, l'avait prise en affection.

— Mais, mon enfant, lui dit-elle, que vous est-il arrivé, dites-moi? Avez-vous perdu vos nœuds, vos dentelles? Craignez-vous d'être grondée de votre mère?...

— Oh! non, Madame, ce n'est pas cela; mais j'ai vu pleurer ma pauvre mère, ce matin, et...

— Elle est donc bien malheureuse?

— Oh! oui, Madame, depuis que Charles est parti... Charles, que je viens de revoir dans une belle voiture.

— Mais qui est Charles?...

— Eh bien ! Charles de Fabian.

— Je connais beaucoup madame de Fabian ; est-elle votre parente ?

— Non, Madame, c'était l'amie de ma mère...

— Et comment se nomme votre mère ?

— Comme moi, Madame, Marie...

— Vous me dites toujours cela, mon enfant ; mais votre mère doit avoir un autre nom ?...

— Oh ! oui, Madame ; mais elle m'a défendu de le dire...

— Comment, aussi à moi ?...

— Je vais vous le dire, à vous, Madame ; maman s'appelle Marie d'Egmont.

— Marie d'Egmont, Marie !... Et la bonne dame, ouvrant rapidement la porte du salon, entraîna avec elle la pauvre petite toute émue et toute tremblante, et la jeta plutôt qu'elle ne la déposa dans les bras d'un grand vieillard aux cheveux blancs.

— Tenez, mon oncle, lui dit-elle, embrassez votre petite-fille; voici l'enfant de Marie, dont vous pleurez l'absence depuis si longtemps...

Et ce fut une émotion, une joie impossible à décrire que le bonheur de ce vieux père. Il balbutiait, il tremblait, il pressait son enfant sur son cœur; il baisait ses beaux cheveux blonds, et de grosses larmes sillonnaient ses joues amaigries et ridées. Enfin il put maîtriser son émotion.

— Ma fille, ma chère Marie, où est-elle? que je la voie avant de mourir. Merci, mon Dieu, de me l'avoir rendue.

Madame d'Egmont attendait Marie et commençait à s'inquiéter de son absence, lorsqu'une voiture s'arrêta devant la porte, et elle entendit un valet demander son nom. Une horrible pensée

2

lui vint à l'esprit : Marie n'était pas rentrée, il lui était survenu quelque malheur. Sa fille est peut-être mourante.

— Marie ! où est Marie ? dit-elle au laquais qui montait chez elle ; et, derrière lui, elle vit son père, dans les bras duquel elle tomba en poussant un cri.

Les émotions de cette journée, jointes aux privations, à toutes ces mille peines qui se renouvelaient tous les jours dans cette pauvre maison, avaient porté une rude atteinte à la frêle et délicate constitution d'une jeune fille de douze ans.

Le soir, une fièvre brûlante se déclara et s'empara de la petite Marie ; on la coucha, triste et accablée ; rien ne put distraire sa sombre mélancolie. Sa pauvre mère s'efforçait en vain d'être gaie, de sourire. Nous sommes heureuses maintenant, mon amour ; c'est toi que Dieu a choisie pour m'apporter tout ce bonheur. Nous irons demeurer à la campagne, chez ton grand-père; tu auras un jardin rempli de fleurs, et tu les aimes tant!... Cher ange, rien ne nous manquera plus; demande-moi toutes tes fantaisies, ta mère les satisfera toutes; mais sois gaie, ma chère enfant...

Marie baisa la main de sa mère, qu'elle tenait dans les siennes. Une larme qu'elle retenait brilla sous ses paupières.

— Et Charles, mère, et Charles, je ne le verrai plus, lui!... oh! non, jamais.

Et puis, s'entourant des bras de madame d'Egmont, qui ne pouvait plus retenir ses sanglots, elle ajouta :

— Ne pleure pas, bonne mère, j'irai dans le ciel, et je prierai Dieu pour toi et pour Charles.

Pendant cette longue nuit, elle eut un délire affreux; elle appelait sa mère, et toujours les noms de Charles et de Léonie s'échappaient de ses lèvres.

Madame d'Egmont, désespérée, écrivit

à son ancienne amie, et la supplia de lui envoyer Charles.

Madame de Fabian était à la campagne, Charles était parti avec elle ; ce ne fut que quelques jours après qu'elle se rendit aux instances de madame d'Egmont, accompagnée de son fils.

Marie n'était plus reconnaissable : pâle, maigrie, ses grands yeux bleus étaient brillants de fièvre.

Madame de Fabian entra.

Marie se dressa sur son lit : une douce rougeur de joie vint colorer ses blanches joues ; elle tendit en souriant ses bras à Charles, mais elle les laissa retomber aussitôt, en poussant un cri déchirant.

Charles était resté froid et immobile ; il ne l'avait pas reconnue. Deux ans avaient entièrement effacé Marie de son souvenir ; il l'avait oubliée !

On entendit un profond sanglot ; puis un silence glacé lui succéda. Marie ne soupira plus, ne pleura plus ; l'ange était au ciel : Marie était morte.

LE JEUNE TOURISTE.

Les vendanges finissaient dans le Lyonnais, et avec elles les plaisirs des vacances dont elles sont, pour ainsi dire, le dernier et le plus beau jour. M. et madame Montbailly disaient adieu à leur charmante villa de Montlouis, située dans la commune de Saint-Didier. Ils rentraient à la ville, car le tambour du collége battait le rappel; et leur jeune fils Amédée allait pour la troisième année s'asseoir sur les bancs des écoles. Il rapportait avec lui de nombreuses friandises, des jouets tant aimés des enfants : la dormeuse, le sabot dont on châtie la paresse à l'aide d'un long fouet, des balles, des billes, tout l'attirail enfin d'un enfant gâté. Il rapportait aussi des souvenirs de ses parties, de ses promenades, de ses voyages même, pour amuser les camarades pendant les longues veillées d'hiver. Amédée était ce qu'on appelle au collége un bon garçon, franc, loyal, de joyeuse humeur, partageant volontiers tout ce qu'il avait avec ses amis, et s'inquiétant peu s'il en resterait pour lui le lendemain. Aussi était-il aimé de tous, et son arrivée fut-elle saluée d'un hourra presque général.

Là il retrouva tous les amis des années précédentes, amis de douze ans, c'est-à-dire du même âge que lui, puis quelques nouveau-venus avec lesquels il eut bientôt fait connaissance. Le soir,

commencèrent les histoires des vacances.

— Moi je suis resté à la campagne,
disait l'un, j'ai accompagné papa à la
chasse, et nous avons tué beaucoup de
gibier.

— Pour moi, disait un autre, j'ai constamment habité la ville, où mes parents
étaient retenus par leur commerce; mais
j'ai lu toute l'histoire des naufrages, et
j'aurai bien des choses à raconter.

— Et toi, Amédée, et toi?

— Oh! moi, dit l'enfant, sur lequel se
concentra toute l'attention, moi j'ai
voyagé avec deux amis de mon père, qui
m'appellent aussi leur ami; j'ai beaucoup
vu, beaucoup entendu, beaucoup appris,
et toutes ces mémorables aventures
sont consignées dans mon album de
voyage.

— Oh! il y a encore une heure avant
le souper : conte-nous quelque chose,
Amédée! Et ils se rangèrent en cercle

autour de l'enfant, qui, avec une fatuité
toute comique, tira de son bureau un joli
carnet de maroquin, et se mit à lire un
fragment de ses impressions, pompeuse-
ment décoré du titre de *Journal de voyage,*
et adressé, sous forme de lettre, à un de
ses amis.

« MON CHER EUGÈNE,

» Les vacances nous ont séparés; toi,
tu es allé voir Marseille et son beau port,
Marseille dont tu m'as dit cent fois tant
de merveilles, et moi je suis resté à Lyon,
attendant la rentrée qui devait nous réunir. Aujourd'hui je t'écris, car moi aussi
j'ai à raconter ce que j'ai vu, ce que j'ai
fait. Il y a quelques jours, je quittai pour
la première fois la ville de Lyon pour
une excursion dans le Bugey et la Savoie. Jamais l'oiseau n'avait encore
quitté l'aile de sa mère; jamais il n'avait
pris une aussi longue volée. J'étais en

société de gais compagnons : M. Alfred de Gravillers, un des amis de mon père, et M. Albert de Leustal ; tous les trois le sac sur le dos et le bâton blanc du pèlerin à la main, nous marchions lestes et joyeux, eux cherchant des sensations nouvelles pour faire diversion à leur vie, et moi respirant l'air à pleins poumons, fier de ma liberté, ne voyant rien en regardant tout. Nous passâmes par Miribel sans nous y arrêter, Montluer, petit bourg qu'on a décoré du nom de ville, puis nous entrâmes dans le Bugey, cette partie si pittoresque de la France ; le Bugey, si peu exploré, si peu connu, et dont je voudrais être l'historien.

» Là ce sont des coteaux tout hérissés de bois touffus, des rochers fantastiques, puis vous voyez au bord d'un lac une fabrique retentissante.

» Ici c'est un moulin dont le cliquet se fait entendre ; vous ne le voyez pas encore, mais, au détour de la route, so découvre un délicieux point de vue : le Furent aux eaux rapides serpente dans une douce vallée, puis au loin des plaines, des campagnes qui nagent dans une douce vapeur. Je repaissais mes yeux de ces sites si beaux, si nouveaux pour moi.

» Nous arrivâmes le soir bien tard à Belley, et moi, peu habitué encore aux voyages, je commençais à ne plus trouver si agréable de parcourir à pied le Bugey ; j'avais fait douze lieues, et j'en avais assez. A peine le clocher de Notre-Dame de Fourvières était-il hors de ma vue, que déjà je me croyais aux colonnes d'Hercule, et que je protestais contre la continuation pédestre de notre voyage. A toutes les objections je répondais par le *nec plus ultrà* du demi-dieu de la fable, que je m'appliquais avec orgueil, ce qui fit ouvrir de grands yeux aux servantes du *Faucon argenté*, où nous descendimes.

» Souper à l'auberge était pour moi le suprême bonheur. Aussi je crois que de ma vie je ne soupai aussi bien ; à l'encontre de mes amis, je trouvai tout délicieux. Je me couchai fort content de moi, dans un lit qui, à chacun de mes mouvements, poussait de tristes soupirs, et ce bruit me berça aussi agréablement que les chansons de ma nourrice ; bientôt l'essaim des songes dorés vint s'abattre à mon chevet.

» Le lendemain je m'éveillai fort tard. Alfred et Albert étaient déjà sortis pour quelques promenades dans la ville : j'en fus charmé, car je voulais écrire les mémorables événements de la veille, et commencer le Journal de mon voyage.

» J'inscrivis donc en tête, comme Robinson : *Je suis parti de Lyon le 14 septembre* 183...

» Lorsqu'une voix qui me sembla tout d'abord angélique vint me distraire de

mes grands travaux. C'était une Sa-
voyarde qui criait à tue-tête :

> Le roi passait
> Et le tambour battait,
> Battait aux champs.
> . . . .

» Je prêtai l'oreille ; car, tu le sais, j'ai
toujours été désireux de m'instruire, et
ce commencement promettait beaucoup;
mais la chanson fut interrompue par une
série de jurons formidables et dont je te
fais grâce. C'était un muletier qui pré-
tendait que, pendant la nuit, on lui avait
volé sa sacoche contenant un louis en
gros sous, et, après avoir bien soupé la
veille, déjeuné le lendemain, et couché
entre de moelleuses couvertures, il voulait continuer sa route sans bourse dé-
lier. Ce fut une longue dispute, à ce que
j'en pus juger à leurs gestes, car bien
qu'ils parlassent très haut, je n'y pus

rien comprendre : c'était pour moi une langue inintelligible. La discussion se termina par une averse de coups de poing et de coups de pied, où chaque gourmade devait laisser sa marque.

» Alfred et Albert revinrent bientôt après, et nous déjeunâmes. Nous partîmes ensuite pour visiter le château de Pierre-Chatel, sentinelle avancée sur le Rhône, d'où elle domine la Savoie. Ce pauvre château-fort, qui n'est plus qu'une prison militaire, est bien déchu de son importance et de sa gloire des autres temps; cependant il fait encore le fier, perché qu'il est sur un rocher à pic, accessible aux seuls aigles. Aussi ne me piquai-je pas d'y monter : mes compagnons de route me quittèrent donc et commencèrent leur ascension. Je restai assis à les attendre, et je les eus bientôt perdus de vue au détour du chemin. Alors je songeai à ce qu'ils pourraient voir dans ce nid de vautours, et la curiosité s'empara de moi, ainsi que la honte que m'inspira ma paresse. Moi, le plus jeune, je reculais. Le rouge me monta au visage, et je m'élançai à leur suite dans l'étroit sentier. Je les eus bientôt rejoints. Ils me félicitèrent sur ma courageuse résolution, tout en me faisant croire qu'ils y avaient compté. Nous continuâmes notre chemin. Après une demi-heure de marche nous entrions dans la place. Nous entendions comme un bruit affaibli le courant du Rhône qui se brise contre le pied du rocher, et au-delà du fleuve la Savoie ; en face de nous le Mont-du-Chat, et de l'autre côté, au bord d'un lac, Aix, si cher aux flâneurs et aux malades.

Ensuite nous retournâmes pour visiter cette triste prison qu'on appelle un château, avec des barreaux à toutes les fenêtres, des verrous à toutes les portes, et pour habitants à ce château de pauvres prisonniers qui regardaient le ciel et se prenaient à jalouser les hirondelles tournoyant dans les airs avec des cris aigus. Puis nous visitâmes de froids cachots où furent renfermées tant d'illustres victimes qui n'en sortirent que pour aller à la mort, ou déjà moissonnées par elle.

On nous montra le cabanon où furent ensevelis vivants, sous Louis XII, le duc de Milan, Sforce, et Ascanio son frère. Là aussi furent enfermés ceux des notables Lyonnais qui, pendant la révolution, encombraient les prisons de la ville, et que l'on était forcé d'envoyer ailleurs. Sous ces voûtes où l'eau suinte, où les murs sont luisants d'humidité, où jamais le jour n'a pénétré, j'avais froid, j'avais peur, je voulais revoir le soleil.

Ce fort, presque abandonné maintenant, est gardé par des vétérans. L'un d'eux, tout courbé de vieillesse, et qui, depuis cinquante ans, n'a quitté qu'à de rares intervalles cette citadelle, devenue ses Invalides, me raconta une histoire dont jamais je ne reproduirai la touchante mais énergique simplicité.

Il me fit asseoir près de lui, sur l'affût d'un de ces vieux canons de la République, sur lesquels on lit la devise d'alors : *Liberté*, *Egalité*. Il le caressa de la main, comme une vieille connaissance, puis il commença ainsi :

— Au moment de la Terreur, j'étais avec la 25e demi-brigade en garnison à Pierre-Chatel. Plus heureux que nos camarades, on nous préposa à la garde des prisonniers et à la défense de la frontière, et nous ne fûmes pas témoins des drames sanglants dont les soldats étaient les involontaires complices. Mais je vous ai promis une histoire, et voilà que je vais faire de la politique de ces temps-là. Revenons à nos moutons, c'est-à-dire à nos prisonniers. Parmi eux, un vieux prêtre, dont le crime était tout dans la profession d'une foi sincère, gisait oublié dans son cachot, attendant l'arrêt du tribunal révolutionnaire.

» Chaque jour, deux enfants, ses neveux, venaient le voir, lui apporter du courage et l'espérance, cette consolation des affligés. C'étaient deux orphelins, enfants de sa sœur, et dont il avait dirigé le cœur et l'esprit dès leur plus tendre enfance. Ce fut un coup bien cruel que celui qui l'arracha à ses paroissiens, à ses enfants, et le traîna de sa petite cure de Saint-Rambert dans une affreuse prison d'Etat. S'il pleura, le vieux prêtre, ce fut sur leur sort, et non sur le sien ; les enfants purent chaque jour le visiter. Fanchette avait seize ans ; elle comprenait mieux que Jacques, son frère, plus jeune qu'elle, le danger de leur pauvre oncle ; mais comment l'y soustraire ? comment l'arracher à une mort presque certaine ? Elle, pauvre, ignorée, pourra-t-elle aller implorer la pitié des juges, osera-t-elle le proclamer innocent ? Oh !

non, il vaut mieux se taire, car les bour-
reaux, ivres de sang, paraissent l'avoir
oublié ; les gardes eux-mêmes ne pen-
sent pas à lui.

» Un jour Fanchette arriva avec un petit panier de provisions : j'étais de garde
dans le corridor du cachot où se trouvait
le vieux prisonnier. Je remarquai je ne
sais quoi d'embarrassé dans son main-
tien ; elle glissait plutôt qu'elle ne mar-
chait ; elle montra son laissez-passer, sa
main tremblait, et de ses lèvres pâles
elle essaya de me sourire. Elle était seule,
et Jacques n'était pas venu. Je m'infor-
mai du petit Jacques ; elle me remercia
d'une voix émue.

» Il y a quelque chose là-dessous, me
dis-je. Ma foi, si elle veut faire évader le
vieux ci-devant, je ne m'y opposerai
pas. La pauvre petite, elle est si charmante ! et puis, le bon vieillard que ce
curé ! Je risque à me faire fusiller ; mais
c'est égal, cette bonne œuvre me sera

comptée en paradis. Dieu merci, la voilà entrée, les geôliers ne se sont aperçus de rien : c'est que, je crois, il n'y a rien de plus facile à tromper que ceux qui sont continuellement sur leurs gardes ; ou bien avaient-ils fermé les yeux. Je fis comme eux. Un instant après Fanchette ressortit leste et joyeuse; en passant à mes côtés, elle me lança un regard reconnaissant et moqueur tout à la fois. Deux heures après, je fus relevé de garde, et, rentré au poste, j'eus bientôt oublié cet incident.

» La nuit vint. A l'aide d'une échelle de soie que Fanchette avait apportée, et qu'elle cachait si mystérieusement sous sa robe, le vieux prêtre devait fuir. Ah ! sans doute la nuit fut longue à venir, la joie de la pauvre enfant fut troublée par d'affreuses angoisses. Si la ruse était découverte, si la corde se rompait, si le pauvre vieillard, paralysé par l'humidité

du cachot, ne pouvait parvenir à s'é-
chapper !

» Une pluie fine et froide enveloppait
le rocher. Les sentinelles étaient rete-
nues dans leurs casemates ; leur voix
seule criant : Sentinelles, prenez garde
à vous ! troublait le silence de la nuit.
Fanchette était là au pied du rocher,
croyant voir un soldat dans chaque buis-
son, entendre une voix dans chaque
bruissement du vent dans les feuilles.

» Lorsque le prêtre n'entendit plus
rien, lorsque tout mouvement eut cessé
dans la citadelle, il souleva un des barreaux qu'il était parvenu à desceller, il
escalada sa fenêtre et gagna la plate-
forme. Aucun soldat n'est là. Il attache
sa corde, enjambe le créneau, et se laisse
aller à la garde de Dieu.

» Fanchette entend un frôlement le
long du rocher, c'est celui de la corde à
laquelle est suspendue la' vie de son
bienfaiteur ; elle lève inutilement ses re-

gards, la nuit est noire. Tout-à-coup un cri retentit, un coup de feu part du haut du mur, puis c'est un bruit étouffé, comme celui d'une pierre qui tomberait sur le sol humide. Pauvre Fanchette! son cœur se brise, ses genoux fléchissent; mais elle entend un sourd gémissement, elle s'élance les bras étendus, le vieillard y tombe frappé d'une balle; elle le presse sur son cœur et l'entraîne vers le rivage; Jacques, qui attendait avec une barque, accourt au-devant d'eux, et les dirige dans l'obscurité. Fanchette est à bout de ses forces : les bateliers arrivent, saisissent le vieillard et Fanchette, les transportent à la barque et fuient à force de rames. La nacelle vole sur les eaux rapides du Rhône. La pauvre enfant étreint un cadavre inanimé, lorsqu'un rayon d'espoir vient sécher ses larmes. Le vieux prêtre revient à lui, soulève sa paupière et demande où il est. Fanchette le rassure, baise ses mains, tandis que les bateliers étanchent le sang de la plaie. Vous êtes... vous êtes sauvé, mon bon oncle, entendez-vous : là-bas, au loin, déjà le clairon sonne; à Pierre-Chatel on sait votre fuite ; mais le fleuve nous emporte, et nous sommes loin de leurs atteintes.

» Et tous trois tombèrent à genoux et remercièrent Dieu dans une touchante prière. »

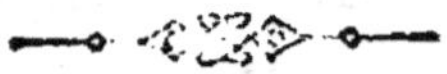

LOUISE.

Pendant les horreurs de la peste qui ravagea la ville de Marseille, en 1720, une famille de commerçants se disposait à abandonner la cité désolée pour se réfugier dans Lyon, que le fléau n'avait pas atteint, auprès de proches parents, lorsque le père fut frappé presque au moment du départ, et bientôt après il succomba. La mère, madame Durivage, resta donc seule avec sa fille Louise, âgée de cinq ans; mais déjà elle portait en elle les germes de la peste, et quelques jours après, sentant sa fin approcher, elle appela son enfant, et la pressant sur son cœur, elle lui dit :

— Je t'embrasse pour la dernière fois, mon enfant; je te laisse seule au monde; tu seras déshéritée de mes caresses. Tous les autres enfants auront une mère, toi seule tu n'en auras pas. Mon Dieu, que deviendras-tu quand je ne serai plus là! Oh! s'il est vrai que la vie des enfants est confiée aux soins des anges gardiens, je supplierai Dieu de m'envoyer près de toi, et de venir veiller à ton berceau. Et elle déposa de ses lèvres bleues un baiser sur le front de la petite fille qui ne comprenait pas, et qui lui disait de sa petite voix douce :

— Mère, quand tu ne seras plus malade, nous irons chez ma tante de Lyon.

La pauvre femme à ces mots fondit en larmes; puis se tournant vers ceux qui l'assistaient à ses derniers moments, elle leur dit :

— Je vous en prie, Monsieur (elle s'adressait au médecin), envoyez mon enfant à Lyon, chez madame Jeanne Mercier : c'est ma sœur ; elle l'élèvera, j'en suis sûre, car elle n'a pas d'enfant et en désire un depuis longtemps. Vous trouverez dans un portefeuille sa petite fortune réalisée ; vous la confierez à quelqu'un de sûr, et j'espère que tout réussira au gré de mes désirs.

Puis elle s'éteignit sans souffrances.

Le médecin suivit les dernières volontés de madame Durivage, et bientôt après la petite Louise partit de Marseille, accompagnée d'un homme qui s'était chargé d'elle, et qui, moyennant une bonne récompense, devait la remettre à madame Mercier de Lyon. Avant le départ, le docteur avait attaché au cou de Louise une petite croix d'or que portait sa mère, en lui disant :

— Garde bien cette croix, mon enfant; elle appartenait à ta mère, et elle pourrait servir à te faire reconnaître si jamais tu venais à te perdre. Ne la laisse voir à personne, et surtout ne souffre pas qu'on y touche.

L'enfant promit et partit.

Le voyage se fit sans encombre. L'homme qui s'était chargé de Louise en avait les plus grands soins. Après huit jours de marche ils arrivèrent à Lyon. Là cet homme se prit à réfléchir. On lui avait promis une bonne récompense, mais il avait entre ses mains une fortune comparativement à ce qu'on lui donnerait. Il lui vint à l'idée d'abandonner l'enfan', et de s'enfuir avec les billets de caisse que contenait le portefeuille. Cet homme céda à cette affreuse pensée de voler une pauvre orpheline; il attendit le soir, prit l'enfant par la main, et la conduisit sur une immense place qu'on appelle aujourd'hui place de Bellecour, puis lui dit :

— Ma petite Louise, attends-moi, je vais revenir.

Et il s'éloigna. Mais il faut le dire à la louange de cet homme, qui n'était pas méchant, il se retourna plusieurs fois, regardant l'enfant, qui lui envoyait des baisers. Une heure se passa : Louise attendait toujours, regardant d'un œil inquiet les rares passants. Elle commençait à avoir peur; de grosses larmes roulaient dans ses yeux. Un militaire qui rentrait à la caserne lui demanda :

— Que fais-tu là, petite?

— J'attends un monsieur qui m'aime bien, et qui va revenir me chercher.

Le soldat s'en alla sans attendre davantage. En ce moment neuf heures sonnaient à l'horloge de l'hôtel.

Un monsieur et une dame, venant du quai du Rhône, et paraissant se diriger vers la rue Saint-Dominique, traversaient la place en ce moment.

— Pauvre sœur! disait la dame, elle est morte! Mon Dieu, que je suis malheureuse de n'avoir pu recevoir ses derniers adieux! Et elle pleurait.

— Allons, reprit le monsieur, ne te chagrine pas ainsi, voilà sa fille qui nous arrive; nous n'avons pas d'enfant : eh bien! tu l'élèveras comme si elle était à nous, et elle t'aimera.

Les sanglots de Louise interrompirent leur conversation. Ils s'approchèrent d'elle, et voyant cette pauvre enfant accroupie, la dame se baissa, et la caressant, elle lui dit :

— Comment te trouves-tu là à cette heure, ma petite?

— Mon ami m'a laissée il y a bien longtemps; il m'avait promis de venir me chercher, et il n'est pas venu.

— Et comment s'appelle celui que tu nommes ton ami?

— Il s'appelle Joseph.

— Mais son autre nom ?

— Je ne sais pas.

— Et où demeures-tu, ma petite ?

— Dans une maison.

— Mais où ?

— Ah ! je ne sais pas.

— Emmenons-la avec nous, reprit la dame, et demain sans doute elle sera réclamée. Veux-tu, mon mari ?

— Certainement ; peut-on laisser un enfant à la rue ? Veux-tu venir avec nous, ma petite ?

— Oh ! oui, je veux bien, car j'ai peur, et j'ai bien faim.

Les deux bons époux l'emmenèrent.

Quand ils furent chez eux, rue de la Grenette, ils la firent souper avec eux, restant en extase devant sa gentillesse.

— Veux-tu me dire ton nom, ma petite amie ?

— Oui, Madame ; je m'appelle Louise.

— Et ton papa, comment s'appelle-t-il ?

L'enfant sembla réfléchir, puis elle dit :

— Je ne sais pas.

— Et ta maman, sais-tu son nom ?

— Oui ; elle s'appelait petite maman.

— Où est-elle ?

— Ah ! elle est morte, reprit l'enfant sans pleurer, car elle ne comprenait pas ce qu'elle disait ; elle est morte, et on l'a mise dans une grande boîte, et on l'a emportée vers papa.

— Et puis tu es donc restée toute seule ?

— Oui, et l'on m'a emmenée dans une voiture pendant plusieurs jours, et je me suis bien ennuyée ; puis mon ami m'a menée sur la place, et m'a dit :

— Attends-moi là, petite... et il n'est pas revenu.

— Veux-tu rester avec nous, nous te garderons jusqu'à ce qu'on vienne te réclamer ?

— Je ne demande pas mieux.

Le souper les attendait, ils se mirent à table. Louise avait le cœur bien gros; mais elle fut bientôt rassurée par l'air de bonté de la dame, et elle mangea de bon appétit. Puis, la dame lui prépara un petit lit et la coucha. Elle aperçut en la déshabillant un petit sachet de soie pendu à son cou, et lui demanda :

— Qu'est-ce cela, ma petite?

— Oh! c'est à moi, c'est maman qui me l'a donné, et l'on m'a bien recommandé de ne le laisser ni prendre ni même toucher par personne.

Et de ses deux petites mains l'enfant couvrit le sachet qui renfermait sa croix d'or. La bonne dame respecta ce secret, et laissa Louise paisiblement endormie.

Le lendemain la petite Louise fut choyée, caressée par les bons époux. Sa naïveté, sa candeur, intéressaient en sa faveur; on lui fit vingt fois répéter sa petite histoire. Les commères du quartier enviaient le bonheur de ma-

dame Mercier. Cependant elle ne faisait
pas oublier celle qu'on attendait, et l'enfant voyait avec chagrin les préparatifs
que l'on faisait pour la recevoir. Un petit lit à rideaux blancs lui fut préparé;
une belle poupée fut achetée par M. Mercier, et lorsque Louise, la regardant avec
convoitise, demanda timidement si c'é-
tait pour elle, madame Mercier lui répondit :

— Non, ma petite; c'est pour ma petite nièce Louise qui va bientôt venir ici.

— Moi aussi je m'appelle Louise, et je
voudrais bien une poupée comme cela!

— Plus tard, quand ma nièce sera ici,
vous jouerez emsemble, et elle te la
prêtera.

— Non, non, reprit l'enfant; je la veux
pour moi toute seule, ou je n'en veux
pas.

Et les larmes lui vinrent aux yeux.

— Eh bien! je te la prêterai aujour-
d'hui si tu veux me montrer ce qu'il y

a dans le sachet que tu as pendu au cou.

— Non, je ne veux pas; on m'a bien défendu de le montrer; et si je faisais cela, ce serait mal, car je désobéirais, et le bon Dieu n'aime pas les enfants qui ne sont pas obéissants.

— C'est très bien, ma petite; cependant tu aurais une belle poupée.

— Oui; mais le bon Dieu me punirait. J'aime mieux me passer de la poupée.

Cette réponse charma madame Mercier, qui insista néanmoins pour voir le contenu du petit sac.

— Je veux bien te le dire tout bas à l'oreille, dit Louise, mais à toi seule, parce que tu es bien bonne et que tu m'aimes bien. C'est une petite croix d'or que ma mère portait toujours au cou; quand elle a été morte, un monsieur la lui a prise, et, après l'avoir bien lavée, il me l'a donnée avec ce beau cordon.

Madame Mercier se contenta de cette explication. C'était ce jour-là que devait

arriver la nièce, et l'on s'occupa plus
de celle qui allait arriver que de Louise,
qui fut triste toute la journée. Vers le
milieu du jour, madame Mercier et son
mari allèrent à la voiture de Marseille,
qui devait arriver vers midi. On laissa
Louise à la maison. Lorsqu'elle se vit
seule, l'enfant se mit à pleurer, appelant
sa mère, et la priant de venir la chercher
pour l'emmener avec elle dans la terre;
puis, tout-à-coup prenant une résolution
subite, elle partit pour aller chercher sa
mère. Elle ouvrit la porte qui n'était fer-
mée qu'avec un loquet, et descendit dans
la rue; puis elle traversa la place des
Cordeliers, et arriva bientôt sur le quai
du Rhône. Là elle crut se reconnaître, et
suivant le cours du fleuve elle arriva
après deux heures de marche à l'extré-
mité de la presqu'île formée par le con-
fluent du Rhône et de la Saône. Ne
voyant plus que de l'eau, car alors il n'y
avait pas de pont en cet endroit, Louise

s'arrêta épuisée par la fatigue et le besoin. Personne ne venait en cet endroit; elle s'assit sur la terre et se mit à sangloter en appelant sa mère.

Cependant madame et M. Mercier, après quelques heures d'attente, avaient vu arriver la voiture; mais elle ne contenait ni leur nièce, ni aucun autre enfant. Ils s'étaient informés au bureau de la voiture, et on leur avait dit qu'il était arrivé l'avant-veille un homme de tel nom, accompagné d'un enfant, mais qu'on ne savait pas ce qu'ils étaient devenus. Un soupçon vague traversa l'esprit de madame Mercier, et elle vint en hâte à la maison pour chercher à l'éclaircir. Elle arriva chez elle, et son premier soin fut d'appeler Louise; mais elle ne répondit pas : elle chercha partout, et, ne la trouvant pas, elle pensa qu'elle était descendue dans la cour pour jouer : allant à son bureau, elle y prit la lettre qui lui annonçait l'arrivée de sa nièce; dans la douleur d'apprendre la mort de sa sœur, madame Mercier n'avait pas tout lu.

Il y avait un *post-scriptum* ainsi conçu :

« L'enfant porte pendu à son cou dans un sachet bleu une croix d'or que sa pauvre mère avait lorsqu'elle est morte ; il vous sera facile de la reconnaître à ce signalement. »

— Ah ! mon Dieu ! s'écria madame Mercier, mais c'est ma nièce, c'est ma Louise que j'ai trouvée hier abandonnée sur la place, et je ne l'ai pas reconnue ! Rien dans mon cœur ne m'a dit : C'est la fille de ta sœur!... Mais pourquoi était-elle seule?... et où est-elle maintenant?... Louise ! Louise !... Elle appela en vain ; Louise était bien loin. Madame Mercier descendit, et rencontrant son mari qui rentrait, elle lui dit tout en deux mots, et les voilà cherchant dans le quartier cette petite fille qu'ils attendaient avec tant d'impatience et qu'ils avaient recueillie sans la connaître. Un tourneur qui était voisin des époux Mercier avait bien vu passer une petite fille; mais la supposant du voisinage il n'y avait fait aucune attention. Ils arrivèrent au quai : un charbonnier l'avait vue et lui avait dit :

— Où vas-tu comme ça, petite?

L'enfant avait répondu :

— Je vais bien loin chercher maman.

Et il indiqua qu'elle avait suivi le bord de l'eau. Madame Mercier courait le long de la chaussée comme une folle, appelant Louise; la nuit approchait, et elle tremblait de ne pas la retrouver. Enfin, au pied d'un arbre, elle aperçut quelque chose, elle courut : c'était l'enfant, qui, à bout de sanglots et de larmes, s'était endormie : madame Mercier la prit dans ses bras, et la couvrant de baisers, elle lui dit :

— Te voilà donc, ma chère petite! Dieu! que tu m'as causé de chagrins et de tourments! Pourquoi nous as-tu donc quittés?

— Tiens, tu voulais avoir une autre petite fille que vous auriez mieux aimée que moi, et qui aurait eu tous les joujoux.

— Eh bien! reviens; tout sera pour toi.

— Bien vrai? dit l'enfant.

— Bien vrai; et je n'aurai pas d'autre enfant que toi. Tu es ma petite Louise, la fille de ma sœur. Tiens, reconnais-tu cette croix? Et madame Mercier lui montra celle qu'elle avait sur sa poitrine.

— Ah! c'est la mienne! dit l'enfant en voulant la prendre.

— Mais non, c'est la mienne; regarde.

L'enfant porta la main à son cou, incertaine, émue, en tira le petit sachet bleu qu'avait vu madame Mercier, et montrant sa croix, elle s'écria :

— C'est la même! tiens, elles sont sœurs!

— Oui, reprit madame Mercier, comme j'étais celle de ta pauvre mère. Maintenant veux-tu être ma fille ?

— Je le veux bien, dit l'enfant en se jetant dans ses bras.

Louise fut ramenée à la maison ; elle fut installée dans le petit lit à rideaux blancs ; la belle poupée fut pour elle.

Le bon Mercier travaillait nuit et jour, et lorsque le samedi il rapportait le produit de son travail à la maison, il y en avait toujours un peu pour Louise. La pauvre enfant amassait peu à peu ce petit trésor pour acheter quelque chose à sa mère adoptive ; cependant elle en donnait toujours une partie : le dimanche, en allant à la messe à Saint-Bonaventure, elle ne manquait jamais de donner deux sous à un pauvre vieillard courbé par les années et la misère qui demandait l'aumône à la porte de l'église. Louise s'était prise de pitié pour ce pauvre homme dont la main tremblait lorsqu'elle lui donnait son offrande, et pour rien au monde elle n'aurait eu garde de l'oublier. Le vieux mendiant la remerciait en mettant la main sur son cœur, et en disant :

— Dieu vous le rende, ma bonne enfant.

Huit ans s'étaient écoulés ; jamais Louise n'avait refusé au vieillard son aumône : mais, hélas ! il fallut cesser. M. Mercier fit une longue maladie qui épuisa toutes les ressources de la pauvre famille, et quand Louise alla prier pour son bienfaiteur, elle ne put soulager la misère du pauvre de Saint-Bonaventure. Il lui tendit la main comme à l'ordinaire, et Louise, les larmes aux yeux, lui répondit :

— Pauvre vieillard, je n'ai plus rien !

— Si, répondit-il ; cette larme est un trésor, et elle me fait plus de bien que tout l'or du monde. Merci, chère fille ; Dieu vous récompensera.

La misère cependant augmentait dans le triste ménage, et Louise résolut de se mettre ouvrière chez une grande couturière pour aider ses parents de son travail. Elle avait alors quinze ans.

Lorsqu'elle gagna quelque chose, elle put renouveler ses aumônes, et le vieillard renouvela ses bénédictions ; mais un jour elle ne le vit plus, il avait disparu de la porte de Saint-Bonaventure, et personne ne put lui donner de ses nouvelles. La pauvre jeune fille s'était attachée à cette misère ; elle fit des recherches, mais sans résultat.

Un mois s'était écoulé, et Louise travaillait un jour dans sa petite chambre. On frappa à la porte, et Louise, qui courut ouvrir, vit entrer une vieille femme qui lui dit :

— Mademoiselle, le mendiant de Saint-Bonaventure est bien malade ; il demande à vous voir.

Elles arrivèrent dans une horrible

maison de la rue Ferrandières; Louise monta rapidement un escalier noir et humide, tandis que la vieille s'arrêtait à chaque marche.

Et un instant après elle arriva tout essoufflée, tandis que Louise impatiente l'attendait sur le dernier palier. Elles arrivèrent à travers un long corridor à une horrible mansarde où gisait sur un grabat le père François, comme l'avait appelé la vieille femme.

— Ah! c'est donc vous enfin, mon enfant, s'écria-t-il en l'apercevant. Il y a bien longtemps que je vous attends. Je vous ai fait venir, mon enfant, d'abord pour vous voir, et ensuite pour savoir vos noms, car je veux vous faire mon héritière... Dites-moi vos noms.

— Je m'appelle Louise Durivage.

— Vous fûtes amenée à Lyon par un homme...

— Oui, et qui m'abandonna après m'avoir pris un portefeuille qui contenait des papiers de famille et quelque argent en billets de caisse.

— C'est bien cela. Oh! que la Providence est grande! s'écria le vieillard en élevant ses mains vers le ciel. Ecoutez bien, mon enfant : j'étais à l'hôpital il y a environ huit ou neuf ans, je ne sais pas au juste. On y apporta un homme qui avait reçu sur la route de Vienne plusieurs coups de couteau. On le plaça dans un lit contigu au mien, et sentant sa fin prochaine, il me dit :

— Dieu est juste ; j'ai volé un pauvre enfant qui m'était confié, et je l'ai abandonné en m'enfuyant avec le produit de ce vol ; mais des voleurs m'ont assailli sur la route de Vienne, et sans le secours d'un passant qui a pris ma défense, j'étais mort ; mais j'ai pu m'enfuir, et me voilà à l'hôpital. Voilà le portefeuille de cet enfant; il vous donnera des renseignements sur sa famille, qui habite... Il ne put achever; le sang lui remonta au cœur et l'étouffa. Il m'avait remis un portefeuille que voici.

Et le vieillard tira de dessous son chevet un papier qui enveloppait le portefeuille.

— Oh! merci, reprit Louise ; merci, bon et brave homme : que Dieu vous bénisse !

Rentrée à la maison, elle ouvrit ce vieux souvenir de sa famille; elle y trouva dix mille livres en bons de caisse, et des papiers qui établissaient sa filiation.

Lorsque les deux époux rentrèrent de la promenade, elle déposa devant eux sa petite fortune, en leur racontant par quel heureux hasard elle l'avait retrouvée.

Louise retourna souvent chez le vieux mendiant; mais ni prières ni supplications ne purent le décider à accepter la récompense de son honnêteté. Son état cependant empirait de jour en jour; la maladie faisait des progrès effrayants.

Bientôt la paralysie gagna tous ses membres, et il mourut, comme il avait vécu, seul et abandonné.

Un commissaire vint dans son grenier et lui fit faire un modeste enterrement. On trouva dans le tiroir de sa table un papier crasseux sur lequel était écrit : « Voici mon testament. » Il donnait son mobilier à Louise. Tout fut transporté chez elle, mais on relégua au grenier ces vieux et sales débris. Louise ne voulut garder avec elle qu'une vieille commode à ornements de cuivre qu'elle plaça dans sa chambre comme un souvenir du mendiant. Pour la rendre plus digne d'elle, elle se mit à la nettoyer. En frottant le cuivre pour le rendre luisant, Louise fit jouer un ressort, et à sa grande surprise un tiroir en double fond sortit des flancs du meuble et s'ouvrit. Louise effrayée recula ; mais quelle ne fut pas sa surprise ! il était plein de louis d'or. Un mot était écrit d'une main mal assurée :

« C'est pour vous, noble enfant, chère Louise, qui pendant dix ans avez constamment donné au pauvre de Saint-Bonaventure. Que pour vous le proverbe soit vrai :

QUI DONNE AUX PAUVRES PRÊTE A DIEU. »

Louise referma doucement sa cachette ; puis, sans rien dire, elle alla chez un bon vieux avocat ami de la famille Mercier, elle lui conta toute cette histoire, en le priant de l'aider dans un cadeau qu'elle voulait faire à ses parents.

Ils convinrent donc d'acheter une belle maison de campagne, dont Mercier avait tant d'envie. Le vieil avocat se chargea de tout. A Collonges, sur le bord de la Saône, s'élevait un beau domaine ; ce fut celui qu'on acheta avec l'or du mendiant. Louise, avec ces attentions que les femmes seules comprennent, le remplit de tout ce qui peut rendre la vie

heureuse. Mercier aimait à charpenter;
il eut un bel atelier de menuiserie. Madame Mercier eut une serre de fleurs rares et précieuses; puis, quand tout fut prêt, le vieil avocat vint dire à Louise :

— C'est fini; quand vous voudrez on prendra possession.

— Eh bien ! arrangez une promenade pour dimanche; ce sera charmant.

Tout fut fait ainsi qu'il avait été dit. Le dimanche matin, toute la famille, accompagnée d'amis intimes, remontèrent la Saône dans un batelet : arrivé devant Collonges on parla de déjeuner, et l'avocat proposa de descendre chez un de ses amis. On entra, la maison était déserte ; mais dans la salle à manger un splendide déjeuner était servi. Un domestique entra, il portait une large enveloppe à l'adresse de M. Mercier, qui, ne comprenant rien à cela, rompit le cachet et trouva un acte de vente en règle de la part du propriétaire, avec une quittance d'une somme de cinquante mille francs. Le brave Mercier ne pouvait en croire ses yeux ; et sa femme, qui cherchait à deviner dans les yeux de Louise le mot de cette énigme, ne revenait pas de sa surprise. Tout s'expliqua pour le mieux. Après le déjeuner, qui fut gai, on visita la propriété, qui était très belle, et les deux époux ne cessaient de s'extasier sur leur bonheur.

Ils y ont passé leur vie, et dans sa vieillesse Mercier a écrit cette histoire. Je l'ai trouvée dans la bibliothèque de la maison de Collonges, que mes parents avaient achetée juste cent ans après, c'est-à-dire en 1828.

Dieu veuille qu'ils y passent leur vie aussi tranquilles et aussi heureux que l'ont été leurs prédécesseurs.

FIN

LIMOGES ET ISLE,
Typ. Eugène Ardant et C. Thibaut.